VAC LA TOURMENTE

Vacances dans la tourmente

Texte et illustrations :
Marc Thil

MARION   JULIEN   PIERRE

Un plan mystérieux

Si j'avais su quelle étrange aventure nous attendait !

Voici comment tout a commencé…

C'était un jour où il pleuvait. Un rideau de brume cernait notre maison. À cause du temps, nous étions tous restés à l'intérieur. Tous, c'est-à-dire moi, Marion, mon grand frère Julien et mon cousin Pierre, sans oublier maman.

Ce jour-là, dans le salon, Julien s'amuse avec un jeu vidéo. Pierre lit, comme d'habitude, assis dans un confortable fauteuil.

Bref, une journée de vacances plutôt

ennuyeuse à rester enfermés dans cette salle ! Et il ne faut pas espérer une accalmie : la pluie continue à battre les fenêtres de la pièce avec un bruit terrible.

Mais je ne vais pas me plaindre pour autant ! D'ailleurs, sur mon bloc à dessins où je viens de dessiner un rosier du jardin, j'écris quelques vers de Fernand Gregh, pour bien me rappeler d'être positive : « Souffle le vent, batte la porte. Tombe la pluie ! N'importe ! Il pleut, la vie est belle. »

J'ai à peine fini d'écrire que, du fond de son fauteuil, Pierre lève les yeux de son livre et nous interpelle :

— Hé ! Marion, Julien ! Si on profitait de cet après-midi pour visiter le grenier ?

Le visage de Julien s'éclaire.

— D'accord ! Tu viens, Marion ?

— Bien sûr !

Nous montons au premier étage, là où se trouvent les chambres. Au fond du couloir, Julien ouvre une porte qui donne sur un escalier étroit conduisant au grenier. Nous arrivons dans une pièce sombre seulement éclairée par une petite fenêtre dans le toit. Julien actionne l'interrupteur électrique, mais l'unique ampoule n'éclaire pas grand-chose ! Il y a tellement de recoins qui restent dans l'obscurité. Prévoyant, Julien s'est muni d'une lampe de poche.

Des toiles d'araignée pendent un peu partout des poutres. Je murmure : « Brrr... je n'ai jamais beaucoup aimé cet endroit ! » et je me demande si j'ai bien fait de venir. J'observe de plus près toutes sortes de vieilleries couvertes de poussière : un ancien vélo, un petit poêle à bois, des meubles usagés...

Pierre, toujours attiré par les livres, a déniché quelques piles de vieux bouquins jetés en vrac sur des étagères empoussiérées. Il se place sous la petite fenêtre afin d'en examiner quelques-uns de plus près. Intéressée, je m'approche de lui. Il murmure :

— Voilà de la lecture, surtout si la pluie continue...

À côté des livres, il vient de trouver une

boîte remplie de vieilles cartes postales. Je les regarde avec lui. Il s'agit de photos de la région, en noir et blanc.

Mais bientôt, l'attention de Pierre est attirée par le dos d'une des cartes, recouvert d'inscriptions. Il ne s'agit pas d'écriture, mais d'une sorte de plan. L'air intrigué, il me dit :

— Marion, c'est curieux, tu ne trouves pas ? Il faut que je regarde ça de plus près...

Mais à cet instant, j'entends la voix de maman qui nous appelle pour le repas du soir.

Quatre couverts nous attendent autour d'une salade verte et d'une quiche encore fumante dont nous n'allons faire qu'une bouchée ! Nous ne sommes que quatre à table, nous trois, et maman (que Pierre appelle tante Mélanie), car papa, qui travaille sur une plate-forme de forage, est, une fois de plus, reparti pour l'une de ses missions.

Une fois le repas terminé, nous nous mettons tous à débarrasser et à faire la vaisselle, mais je ne suis pas très contente, car Pierre s'en va le premier alors que tout n'est pas fini ! Il nous rejoint quelques minutes plus tard dans le salon près de la cheminée.

Il tient en main la carte postale qu'il a découverte au grenier et la tend à Julien.

— Quelque chose est bizarre. Regarde !

Julien l'observe sous toutes les coutures... C'est une photo ancienne de la région. Au verso, il y a une sorte de schéma.

— Qu'est-ce que ça peut bien être ? murmure Julien... un plan ?

— Sûrement ! s'exclame Pierre. Regarde, on distingue déjà un nom : Marcilly. C'est un village à quelques kilomètres d'ici, loin de l'océan, à l'intérieur des terres, dans la lande... Ces traits à moitié effacés doivent représenter les routes qui y conduisent.

Je remarque, penchée sur le plan :

— Et là, il y a quelque chose d'écrit en tout petit : moulin... du... Bois... moulin du Bois-Vert ! C'est ça !

— Et ce trait qui serpente, c'est peut-être la rivière qui alimente le moulin, suggère

Julien.

— C'est curieux, ce petit cercle situé au centre de la carte, remarque Pierre. À côté, il y a quelques lettres presque effacées... Impossible de les lire !

— Complètement illisible ! confirme Julien, mais puisque ce cercle se trouve au centre, c'est peut-être quelque chose d'important...

— Et si on allait voir sur place ? propose Pierre.

— Bonne idée ! Marcilly n'est pas très loin. On pourrait facilement explorer la région... et même y aller demain si le temps le permet !

En effet, Marcilly n'est pas très éloigné du petit village où nous habitons : les Hauvents. Notre village est proche de la plage qui est entourée de hautes falaises qui dominent l'océan. C'est un endroit où le vent souffle souvent. Les habitations y sont peu nombreuses et l'on peut voir à l'infini.

Le soir, en éteignant la lumière de ma

petite chambre, je repense à l'étrange carte et à cette région que nous allons découvrir.

Mais bien sûr, je ne peux pas imaginer ce qui nous attend et ne tarde pas à sombrer dans un profond sommeil.

2

Le moulin du Bois-Vert

Ce matin, quand je descends à la cuisine, je trouve Julien et Pierre devant leur petit déjeuner. Maman sait que nous allons prendre nos vélos et passer la journée dehors. Elle nous prépare de copieux sandwichs.

Une fois le petit déjeuner terminé, nous partons. Il faut d'abord sortir les bicyclettes du garage. Je prends un petit sac à dos et j'attache un vêtement imperméable sur mon porte-bagages.

Et nous voilà partis ! Nous roulons en direction du village de Marcilly. Le temps est gris, mais il ne pleut pas. J'adore glisser silencieusement sur cette petite route de campagne, les cheveux au vent !

Je profite de l'air, des arbres et des prés qui m'entourent. La petite route goudronnée, peu fréquentée, est bordée de fossés fleuris et de ruisseaux qui coulent un peu partout.

Nous roulons depuis moins d'une demi-heure et c'est alors que nous apercevons les premières maisons de Marcilly. Nous nous arrêtons sur la place centrale du village. Il y a une vieille fontaine ombragée par de grands arbres. Je recueille avec plaisir l'eau fraîche dans mes mains pour la porter à mes lèvres.

Julien déplie alors une carte routière détaillée de la région. Il sort aussi la vieille carte postale et explique :

— J'ai retrouvé sur la carte routière quelques indications qui correspondent à notre vieux papier... Il faut trouver un chemin qui part à droite à la sortie du village... ensuite, le suivre sur deux ou trois kilomètres, on devrait alors arriver au moulin du Bois-Vert.

Nous remontons sur nos vélos et découvrons facilement le petit chemin à la sortie du village. La difficulté, c'est qu'il est plein de bosses et de pierres, mais en roulant doucement, on arrive à avancer sans trop de problèmes.

Ce chemin est bordé par des champs séparés par des haies, mais bientôt il s'enfonce dans un bois épais et sauvage. La voie devient alors si étroite que nous sommes obligés de descendre de nos vélos et de les pousser.

Le chemin s'incline doucement vers une petite gorge. J'entends le mugissement d'un torrent. Bientôt, nous arrivons devant le cours d'eau complètement noyé sous la verdure. Le chemin suit maintenant le torrent.

Cela fait près d'une demi-heure que nous avons quitté le village et je demande à Julien, qui est en tête, à souffler un peu.

— D'accord ! On s'arrête un instant.

Il en profite pour sortir la carte.

— On aurait déjà dû trouver le moulin !

— Il doit être près de ce torrent, remarque Pierre.

— Oui, mais ce n'est peut-être qu'une ruine, précise Julien. Notre plan doit être très ancien.

Le petit déjeuner me semble bien loin. Il y a eu les préparatifs, la route... Je suggère :

— J'ai faim ! Si on mangeait ici !

— Il est un peu tôt, mais d'accord, dit Pierre.

C'est avec plaisir que, bien installés dans l'herbe, près de l'eau qui coule, nous mangeons notre pique-nique.

Quand nous repartons, toujours en poussant nos vélos, Julien, qui est en tête, lance au détour du chemin :

— Regardez !

Je m'avance et distingue quelques murs en ruine, tout au fond de la gorge.

Je m'exclame :

— C'est le moulin du Bois-Vert !

Nous couchons nos vélos sur le bord du chemin et dévalons la pente. De hauts murs en partie détruits, un toit à moitié écroulé, la végétation qui a tout recouvert, voilà ce que je découvre...

Plus je m'approche et plus ce qui reste des murs de la bâtisse me semble impressionnant. Le moulin n'est plus qu'une énorme ruine de pierres grises envahies par le lierre et les arbres. Le torrent coule juste au pied des murs en grondant. La grande roue de bois à moitié disloquée plonge encore ses pales dans l'eau.

— Brrr ! Quel endroit sinistre !

— Ça, c'est vrai ! approuve Julien. Mais on a trouvé le point important. Maintenant, il faut repérer l'endroit où il y a le petit cercle au centre de notre plan... On devrait trouver un chemin en direction de l'est, à peu près au-dessus de nous...

Nous voilà repartis, mais j'en ai bientôt assez. Cela fait je ne sais combien de temps qu'on pousse nos vélos !

Ah, enfin ! Voilà Julien qui fait signe : sur la droite, un sentier monte à travers le bois.

Quelques minutes plus tard, nous sortons de la forêt. Un plateau immense et désert, parsemé de bouquets d'arbres et de rochers, s'offre à mes yeux.

Julien déplie alors sa carte routière.

— Bon ! Le moulin est derrière nous. On doit maintenant être à peu près à l'endroit indiqué par le cercle sur notre plan.

— Mais on devrait voir quelque chose ! dit Pierre.

— C'est bien pour cela qu'on va avancer tout doucement en regardant de tous nos yeux !

Nous marchons seulement depuis quelques minutes sur le plateau lorsque Pierre s'écrie :

— Là ! Regardez !

Il tend la main en direction d'une forme sombre au milieu d'un bosquet. Nous nous précipitons. Je découvre un vieux mur circulaire envahi par des buissons et des plantes de toutes espèces.

Je m'exclame :

— On dirait une vieille tour !

— C'est bien ça !... Et à moitié écroulée, confirme Pierre.

Nous faisons le tour de la ruine, cherchant dans tous les coins pour trouver quelque chose d'intéressant, mais rien de particulier ! Les blocs de pierre éparpillés un peu partout ne semblent pas vouloir facilement livrer leur secret !

Au bout d'une heure de recherches, nous n'avons rien trouvé ! Nous nous asseyons, ne sachant plus trop quoi faire. Julien réfléchit un instant puis déclare :

— On est déjà certains que cette ruine, c'est l'endroit indiqué au centre de notre plan...

— D'accord ! coupe Pierre, mais on ne sait même pas ce qu'on cherche ! On s'est dit qu'il y a quelque chose d'important à cause de la marque sur le plan, mais quoi exactement ?

— Justement, c'est la question ! réplique Julien.

J'interviens :

— Nous n'avons cherché qu'au-dessus, mais il peut y avoir quelque chose sous la tour, caché par les ruines !

— C'est possible, admet Julien.

— Dans ce cas, dit Pierre, il faudrait revenir avec un levier ou plutôt une pioche et tenter de fouiller au pied de la tour...

— D'accord ! conclut Julien. On revient ici camper quelques jours.

Je m'écrie :

— Camper, super !

— Bien, mais il faut partir tout de suite si on veut arriver à la maison avant la nuit.

chapitre

3

Vers l'aventure

Le lendemain matin, après une bonne nuit de sommeil, on prépare les sacs à dos. Maman est d'accord pour nous laisser camper trois jours là-bas, à condition de lui donner régulièrement des nouvelles par téléphone portable.

Nous calculons au plus juste le matériel, car il ne faut évidemment pas surcharger les vélos. On emporte des provisions, trois sacs de couchage et deux petites tentes extrêmement légères. Julien est le plus chargé de nous tous : un sac sur son porte-bagages et une petite pioche qu'il a attachée le long du cadre de son vélo.

Enfin, à dix heures du matin, nous sommes prêts à partir et, après une dernière recommandation de maman, nous nous élançons vers l'aventure !

Nous progressons moins vite qu'à l'aller, car nous sommes bien chargés. J'ai toujours autant de plaisir à rouler sur cette petite route aux fossés fleuris.

Nous traversons Marcilly, puis reprenons le chemin à travers bois qui conduit au moulin du Bois-Vert et, pour finir, le sentier qui mène à la vieille tour.

Enfin arrivés à notre but, nous installons le campement au pied de quelques chênes, près de la tour. Les deux tentes sont rapidement montées l'une à côté de l'autre. L'une est pour moi, la plus petite ; l'autre pour les garçons. Tout ce qui craint les intempéries est soigneusement rangé dans les tentes. Enfin, nous déployons les sacs de couchage.

Les vélos sont rangés contre le tronc d'un arbre. À proximité, coule une petite source.

Satisfaite, je m'assois et contemple notre campement. Autour de moi, les troncs majestueux des vieux arbres, la source et les fleurs dans les hautes herbes.

Comme c'est merveilleux d'être là, au milieu de la nature !

Mais il est midi et je me hâte de sortir les fruits et les sandwichs. Nous ne traînons pas pour manger tellement nous sommes impatients de poursuivre nos recherches. Sitôt la dernière bouchée terminée, nous nous dirigeons vers la tour. Julien tient à la main sa petite pioche qu'il espère utiliser comme levier. Nous l'aidons du mieux que nous pouvons afin de dégager le bas de la tour. Comme je suis excitée ! Je m'attends à trouver un trésor ou quelque chose comme ça, sinon à quoi bon ce plan ?

Mais, après de nombreux efforts, nous nous arrêtons, essoufflés. Impossible de dégager le pied de la tour ! L'amoncellement de pierres est énorme, bien plus important que ce que nous avons imaginé...

Je m'éloigne alors des garçons et réexamine attentivement la ruine à l'extérieur du mur. J'écarte les branches d'arbres et les buissons afin de mieux voir les fondations. Tout à coup, quelque chose m'intrigue. C'est une pierre en forme de petit arc, tout en bas du mur, un peu comme le haut d'une ouverture, mais qui serait au niveau du sol. Tout est bouché en dessous.

J'appelle les garçons qui accourent.

— Si on dégageait plus bas, on découvrirait peut-être une ouverture.

— C'est possible, dit Julien.

— Regardez là ! Il y a même un petit intervalle au-dessous de la pierre en forme d'arc ! s'écrie Pierre.

Julien saisit alors sa pioche et s'en sert pour dégager les pierres. Il met bientôt à jour une petite ouverture qui semble s'enfoncer sous la tour.

— Bravo ! crie Pierre.

Nous nous relayons, car le travail est long et pénible. Enfin, le passage est suffisamment agrandi et Julien se précipite vers sa tente en s'écriant :

— Je vais chercher ma lampe de poche !

Une minute après, Julien est de retour. Il éclaire le passage.

— On dirait un petit escalier, mais tout est noir plus loin... Je descends d'abord !

Julien s'enfonce par l'ouverture et disparaît. On n'entend plus que sa voix :

— Venez, je vous éclaire !

Pierre s'enfonce à son tour. Je regarde le passage étroit où je dois me faufiler. Il y a des racines, des toiles d'araignée un peu partout et je ne peux m'empêcher de gémir :

— C'est plein de toiles d'araignée !

— Mauviette ! lance Julien.

Je n'aime pas entendre ça ! Je fronce les sourcils, fais une grimace et m'élance à la suite de Pierre qui a déjà rejoint Julien. Je descends quelques marches d'un petit escalier de pierre et retrouve les garçons dans une salle basse voûtée.

— Nous sommes exactement sous la tour !

dit Julien en promenant sa lampe sur les murs environnants.

Julien me prête sa lampe et je regarde tout autour de moi. Les murs sont en pierres taillées, le sol est de terre battue. Il ne semble pas y avoir d'autres ouvertures que le petit escalier par lequel nous venons de descendre. Nous examinons alors minutieusement la salle, mais elle est complètement vide. Il n'y a rien du tout !

— Bon, on remonte ! dit Julien.

Je me hâte de sortir la première et je prends une grande respiration. Ouf ! Ça fait du bien de retrouver le grand air !

Les deux garçons me rejoignent.

— Ce qui m'étonne, remarque Julien, c'est de n'avoir rien trouvé dans cette salle. Notre plan indique pourtant bien la tour... On s'attendait à trouver quelque chose !

— Et s'il n'y avait rien ! dit Pierre.

Puis, après avoir réfléchi un instant, il reprend :

—Non, ce n'est pas possible ! On ne fait

pas une carte qui indique en son centre une ruine vide...

Je lui coupe la parole :

— Et si on avait mal cherché ?

— C'est bien possible, conclut Julien. Mais il se fait tard... Je propose que nous retournions au campement. On regardera tout ça de plus près demain.

Après le repas du soir, nous décidons de faire du feu. Nous cherchons des brindilles sèches et des branches mortes sous les arbres proches.

La nuit tombe et le ciel est presque noir... Bientôt, un feu clair s'élève et illumine nos trois visages réjouis. Des étincelles dansent devant mes yeux. C'est féerique !

La scène est chaleureuse et étrange. Pierre sort alors un étui noir de son sac. Il l'ouvre délicatement : c'est sa clarinette.

Il se met à jouer et la musique s'élève au milieu du plateau tout noir. J'écoute, bercée par les sons légers. Je suis heureuse.

J'aimerais que la beauté de cette musique dure sans cesse !

chapitre

4

Une nuit inquiétante

Il est tard et notre première veillée autour du feu de camp se termine. Je regarde Julien qui prend le soin de réduire le foyer à des braises. Les garçons rejoignent leurs tentes et je regagne la mienne.

Mais avant, je lève les yeux au ciel : la lune pâle, de temps en temps voilée par des nuages, éclaire le plateau d'une lueur argentée. À quelque distance, je distingue une masse noire qui me semble gigantesque : la tour en ruine.

Une fois dans ma tente, je ne me sens pas très rassurée, toute seule, mais ma lampe de poche, à portée de main, me tranquillise. Et puis, je sais que les garçons sont juste à côté, dans la tente voisine.

Nous sommes tellement fatigués que nous avons dû nous endormir très vite.

Tout à coup, je me réveille. Il me semble avoir entendu un craquement dehors. Je me redresse à demi, tendant l'oreille : plus rien ! Peut-être est-ce un animal nocturne, une chouette, un renard, je ne sais pas. Je me rallonge et c'est alors que j'entends de nouveau quelque chose...

On dirait quelqu'un qui marche. Le bruit s'arrête, puis reprend...

Si au moins, je pouvais voir quelque chose à travers cette toile de tente ! Mais si j'ouvre la fermeture à glissière de l'entrée, je vais faire du bruit et surprendre l'inconnu. Je préfère encore rester tapie dans mon coin sans me faire remarquer.

Je crois entendre un cliquetis du côté de nos vélos, puis plus rien...

Il me semble maintenant que l'inconnu

s'approche de ma tente. Oui, c'est ça, j'entends distinctement ses pas à présent !

Mais qu'est-ce qu'il fait là ? Que veut-il ?

Un petit grattement... Mon cœur bat la chamade ! Je tiens ma lampe de poche à la main, prête à intervenir.

Le grattement se poursuit. Chercherait-il à entrer ? Eh bien, c'est moi qui vais le surprendre !

En un clin d'œil, je bondis, allume ma lampe et crie à plusieurs reprises :

— Julien ! Pierre !

En même temps, j'ouvre la fermeture de ma tente et je me précipite dehors. Je n'ai que le temps d'apercevoir une ombre qui s'enfuit dans la nuit.

Au même moment, les deux garçons sortent de leur tente et me rejoignent, chacun muni d'une lampe.

— Qu'est-ce qui se passe ? s'exclame Julien.

Je raconte ce qui vient d'arriver, mais apparemment le rôdeur s'est enfui et nous ne

31

distinguons rien dans la nuit...

Inquiets, nous nous avançons tous les trois vers la tour, balayant avec nos lampes l'environnement. Mais la lumière perce difficilement l'obscurité, et le plateau me semble n'être qu'une masse noire impénétrable.

J'éteins un instant ma lampe en restant immobile afin d'être plus attentive au moindre bruit... Je vois les faisceaux des lampes de Julien et Pierre qui s'éloignent de moi, peu à peu. Je reste ainsi à écouter un long moment, mais je ne perçois rien. Les lampes des deux garçons ne sont maintenant plus que deux petits points lumineux qui s'agitent au loin.

Je frissonne, seule dans le noir.

Je rallume ma lampe afin de les rejoindre. Après avoir examiné tout ce qui nous entourait, nous revenons à nos tentes. Que pouvons-nous faire de plus ?

Perplexes, nous nous recouchons. On avisera demain matin.

Le lendemain, quand nous sortons de nos tentes, le ciel est sombre et gris. Mais par chance, il ne pleut pas. Je m'empresse de faire ma toilette à la source voisine puis nous nous retrouvons devant le petit déjeuner : quelques tartines, des céréales et du chocolat chaud que vient de faire chauffer Pierre sur un minuscule réchaud à gaz. Nous reparlons de l'événement de cette nuit et les garçons se demandent presque si je n'ai pas rêvé ! Qui serait venu et dans quel intérêt ?

Julien sort alors la carte routière de la région et une boussole. Il nous indique la zone correspondant au plateau et explique :

— Nous devons être à peu près ici, le village de Marcilly étant plus au sud. Regardez bien : la carte étant détaillée, les petits rectangles noirs représentent les maisons. Maintenant, regardez plus au nord : une habitation doit se trouver pas très loin de notre campement. C'est ce petit carré...

Je lui coupe la parole :

— Mais où veux-tu en venir ?

— Voilà mon idée : l'inconnu qui est venu rôder cette nuit n'habite sans doute pas très loin. Comme le village de Marcilly est à peu près à trois quarts d'heure de marche de notre campement...

— Tu penses que notre rôdeur viendrait plutôt de cette maison qui est assez proche, précise Pierre.

Je reprends la parole :

— En supposant que ce soit lui, tu ne crois pas qu'il va te dire : « C'est moi qui viens rôder la nuit ! »

— Non, bien sûr ! réplique Julien, mais on pourrait apprendre quelque chose... On ne perd rien en allant voir !

Je lève le nez et regarde le ciel. De gros nuages noirs se sont amassés au-dessus de nos têtes. L'orage ne saurait tarder. Nous nous équipons d'une tenue contre la pluie, prenons un sac à dos avec quelques sandwichs et une gourde d'eau.

Julien tient sa carte routière en main. Il consulte sa boussole en disant : « Plutôt que de faire un détour pour prendre une route qui passe plus à l'ouest, nous allons avancer tout droit à travers le plateau. C'est à peu près au nord. En moins d'une demi-heure, on devrait y être. »

Julien marche en tête et nous le suivons en file indienne sur le plateau immense. Des buissons parsèment le paysage où affleurent des roches blanches. Quelques arbres se courbent sous le vent. Très loin, dans la grisaille, on distingue quelques collines et une forêt sombre.

Après quelques minutes de marche, je reçois les premières gouttes de pluie. C'est le moment de rabattre le capuchon de ma veste imperméable. Julien est toujours devant et consulte de temps en temps sa boussole.

Bientôt, le vent se déchaîne et de sourds grondements se font entendre. Tout devient gris et obscur ; la pluie se met à tomber avec violence. Moi, je m'arrêterais bien quelque part, mais où ? J'ai l'impression que nous sommes seuls au monde sur ce plateau pris dans l'orage.

Julien nous fait signe d'approcher. Il nous

explique qu'on aurait dû déjà arriver, mais qu'il ne sait plus trop où l'on est.

Je m'écrie :

— Avec toi qui te prends pour un explorateur avec ta boussole, voilà où on en est !

— Et toi, espèce de cruche, réplique Julien, tu ne saurais même pas te diriger avec une carte et une boussole !

— C'est ce qu'on va voir, passe-la-moi, ta boussole !

— Calmez-vous un peu, vous deux, ce n'est vraiment pas le moment ! intervient Pierre. On va aller là-bas sous les arbres pour se protéger un peu de la pluie.

Arrivés là, nous regardons tous les trois la carte, et je murmure, encore mécontente :

— Pas question de laisser Julien tout seul pour nous guider !

Mais après avoir examiné la carte, nous ne sommes pas plus avancés. Impossible de se repérer avec ce temps gris et l'orage. Julien m'a l'air abattu. Il tient encore sa boussole en main et ne sait pas trop que faire. Je vois bien que je l'ai vexé tout à l'heure. En signe d'apaisement, je pose ma main sur son épaule en lui souriant.

5

Le mystère de la vieille tour

La pluie cesse brusquement et Pierre monte alors sur un gros rocher. Il sort ses jumelles et profite d'une petite éclaircie pour examiner les environs.

Tout à coup, il crie :

— Là-bas ! C'est là-bas !

Il pointe la main vers quelque chose puis descend à toute vitesse et explique qu'il vient de repérer une maison. Nous nous hâtons dans cette direction. Bientôt, entre les brumes, apparaît une vieille maison bordée d'arbres. Il y a un petit enclos à côté. C'est sans doute une ferme. Cette masse grise qui émerge au milieu des nappes de brouillard est sinistre. Nous nous approchons. On dirait qu'il n'y a personne.

Nous continuons à avancer et la maison s'élève, impressionnante, devant nous. Puis brutalement, la porte d'une grange s'ouvre. On devine un homme que l'on distingue mal au loin.

On l'entend hurler :

— Qu'est-ce que vous faites là ? Fichez le camp d'ici où je lâche mon chien sur vous !

Quel accueil ! Je ne sais pas trop quoi faire, mais Julien s'avance vers l'homme et explique d'un ton conciliant :

— On se promène sur le plateau et on pensait que...

— Je vous ai déjà dit de partir ! hurle de nouveau l'énergumène et, cette fois, il appelle son chien et lui ordonne d'aller sur nous.

Nous battons en retraite d'autant plus que ce gros chien noir au poil hérissé n'a pas l'air commode. Il court dans notre direction en aboyant fortement. Julien a pris une pierre en main et fait comme s'il voulait la jeter sur lui, pour l'intimider. Le chien s'est alors arrêté en grondant, prêt à s'élancer.

J'ai toujours aimé les animaux et ils le sentent. Alors, je crie :

— Arrête, Julien !

Puis je fais face au chien, lui parlant de façon apaisante :

— Tu vas nous laisser partir... Tu ne nous veux pas de mal, hein ?

Le chien se calme brusquement et nous pouvons repartir tranquillement. Les garçons me lancent un regard admiratif.

Sur le chemin du retour, Julien lance :

— On n'a pas appris grand-chose !

— Si, quand même ! réplique Pierre. Cet homme pourrait bien être notre rôdeur. En tout cas, il n'est pas commode et il n'a pas envie qu'on s'intéresse à lui !

De retour au campement, nous prenons un bon repas. Pierre, qui vient de rallumer le feu, fait cuire quelques pommes de terre sous les braises. Lorsque j'en prends une, j'ai comme un caillou noir et brûlant dans la main. Impossible de manger la peau, bien sûr, mais quand je l'ouvre, l'intérieur est délicieux.

Après un temps de repos, je sors de ma tente. Je rejoins les garçons qui se préparent à explorer la pièce voûtée sous la ruine.

Bien couverts, nous prenons chacun notre lampe de poche et nous nous approchons de la tour. Cette fois, je décide de descendre la première par le petit escalier. Mon cœur bat fort tandis que j'observe à nouveau les vieux murs et la voûte basse au-dessus de ma tête.

Je promène le faisceau lumineux de ma lampe un peu partout, essayant de découvrir une ouverture ou quelque chose de remarquable, mais rien.

De leur côté, les deux garçons examinent avec attention le moindre recoin.

Tout à coup, je suis attirée par une petite faille le long d'une grosse pierre sur le mur faisant face à l'entrée. J'éclaire la fente qui semble remplie de terre. Je gratte avec ma main à cet endroit et tombe sur quelque chose de dur que je dégage : un anneau rouillé !

Je l'attrape et tire dessus, mais rien ne vient. Je réessaye alors de toutes mes forces et quelque chose grince. Julien et Pierre s'approchent et m'aident à tirer. Et, chose surprenante, peu à peu, l'anneau que l'on tire laisse basculer une grosse pierre.

Derrière cette pierre, une petite ouverture béante et noire. Je m'écrie :

— Un passage ?

— Peut-être ! répond Julien en éclairant l'ouverture.

Il commence à pénétrer dans le réduit.

— C'est tout petit ! dit-il.

Je le vois disparaître à quatre pattes dans l'étroit couloir. On ne distingue plus qu'un peu de lumière qui s'éloigne. Puis une voix étouffée nous parvient :

— Venez !

Pierre s'engage à son tour dans le souterrain. Je ne suis pas très rassurée. Je marche quelques mètres à quatre pattes sur de la terre battue puis je vois Julien qui se relève. Nous nous retrouvons dans une petite salle voûtée beaucoup plus réduite que celle qui se situe sous la tour, mais où nous pouvons quand même nous tenir debout.

Il fait frais et l'atmosphère est sèche.

Le souterrain semble se poursuivre de l'autre côté de la salle, mais il paraît bouché par un éboulement de terre. Nous voilà donc bloqués ici, ne pouvant progresser plus loin.

— Où sommes-nous ? dit Pierre.

— Peut-être dans un endroit secret où pouvaient se réfugier les soldats qui étaient dans la tour lorsqu'ils étaient attaqués, explique Julien.

Pierre, qui éclaire avec sa lampe tous les recoins, s'écrie :

— Venez voir !

Je distingue une forme sombre dans un angle. On dirait une boîte faite de quelques planches en bien mauvais état. Il s'agit d'un petit coffre très abîmé.

La découverte

Le cœur battant, nous nous approchons. Julien sort son canif de sa poche et soulève une latte de bois afin d'ouvrir le coffre. Il peine et l'attente me semble interminable. Enfin, un craquement se fait, la planchette saute.

Mais je ne vois que des choses grisâtres et pleines de poussière... Je suis déçue !

— Qu'est-ce que c'est ? Moi qui m'attendais à trouver un trésor avec des pièces et des bijoux étincelants !

Pierre rétorque :

— Les pièces d'or étincelantes, ça n'existe

que dans les films, ma pauvre Marion ! Et en plus, elles ne sont même pas vraies !

— Regardez, s'exclame Julien qui vient de retirer un très vieux livre du coffre.

Pierre commence à le feuilleter à la lueur de sa lampe.

De son côté, Julien achève de vider le coffre : un petit bougeoir, une vieille pipe en terre, un couteau rouillé. Je m'écrie :

— Plutôt piteux, ton trésor !

— Attends, ce n'est pas tout ! crie Julien.

Il sort triomphalement trois petits disques aux bords irréguliers. Il les examine avec sa lampe et crie joyeusement :

— Des pièces de monnaie !

Je regarde de près les petites pièces.

— Même pas en or ! Pour un trésor, c'est plutôt minable !

Julien, qui vient de s'assurer que le coffret est bien vide, s'écrie :

— Il n'y a rien d'autre ! On aurait peut-être trouvé plus de choses intéressantes dans une vieille décharge. Pour être minable, c'est minable !

— Minables vous-mêmes ! lance Pierre qui lève les yeux de son livre. Pour moi, ce livre est un véritable trésor : une chronique des temps anciens, l'histoire de la région. Ça doit dater du seizième siècle, je crois.

Je fais la moue : un trésor pour les historiens peut-être, mais pas pour moi. Ces quelques objets grisâtres aux contours incertains me semblent tout juste bons à jeter !

Tout à coup, je me sens oppressée. J'ai froid, j'ai envie de quitter cette atmosphère de cave et de rejoindre la lumière du jour. Les garçons sont d'accord avec moi.

Avant de repartir, Julien prend avec lui les objets et Pierre emporte le vieux livre. Nous repassons dans le souterrain les uns derrière les autres, puis atteignons la salle voûtée sous la tour. Une minute après, nous sommes dehors et je respire avec délice l'air frais.

Quelques rayons de soleil traversent les nuages qui courent çà et là. Je regarde le plateau et je me dis que je ne l'ai jamais vu aussi grand.

À la lumière du jour, nous observons notre découverte. Il n'y a guère que le livre qui semble intéressant, et encore pour des passionnés d'histoire.

— On ne va pas laisser tout ça dans nos tentes ! Si le rôdeur revient, c'est la première chose qu'il va trouver, remarque Pierre.

— On va tout mettre dans un sac, dit Julien, et on le cache dans le gros buisson qui se trouve derrière les arbres, le long des tentes.

Aussitôt dit, aussitôt fait. Julien camoufle si bien le sac qu'il faudrait être bien malin pour le découvrir.

— Bon, ce n'est pas tout, lance Julien, c'est bientôt l'heure du repas ! Au menu : pommes de terre sous la cendre et saucisses.

Et il commence aussitôt à s'activer pour allumer le feu. De mon côté, je vais l'aider en cherchant du bois mort.

Une fois notre repas fini, nous restons assis

autour du foyer.

J'aime passer une soirée près d'un feu de camp. Lorsque la nuit tombe et que les étoiles commencent à briller, c'est magnifique ! Les flammes nous réchauffent et nous illuminent.

J'observe les étincelles qui montent vers le ciel. L'une d'elles vient de sauter sur ma main. Moi, je me trouve toute petite dans cette immensité.

Pierre joue de nouveau de la clarinette et je suis contente de l'écouter. Les petites notes s'envolent vers les étoiles...

Quel dommage qu'on ne campe pas un jour de plus ! Mais Julien nous dit que l'on rentre demain dans la journée. Il vient d'utiliser son téléphone portable pour avertir maman de notre petite aventure. Elle a été bien sûr très étonnée et nous attend avec impatience. De toute façon, nous reviendrons...

Avant que je rejoigne ma tente, Julien me met en garde :

— Tu nous appelles au moindre bruit

suspect ! Nous allons tous dormir habillés au cas où l'inconnu reviendrait... Comme ça, on pourra sortir tout de suite de nos tentes !

— D'accord ! Bonne nuit.

J'ai du mal à m'endormir. Cette découverte m'a excitée et je pense déjà à demain, au retour. Puis je sombre dans un sommeil lourd peuplé de personnages étranges dans lesquels il me semble reconnaître l'homme que nous avons vu à la ferme isolée.

Je me tourne et me retourne sans cesse dans mon sac de couchage. Je m'endors puis me réveille...

Je ne sais pas combien de temps a duré ce mauvais sommeil, mais à un moment donné, à moitié endormie, j'entends du bruit du côté de la tour, comme si des pierres s'entrechoquaient. Je me lève à demi, attentive, et entrouvre discrètement la fermeture de ma tente.

L'air est frais, le ciel est noir.

Mais je n'entends plus rien... Je ne vais tout de même pas réveiller les garçons pour un simple bruit !

Je décide de sortir, ma lampe éteinte à la main. On ne distingue aucune étoile. Je vois sur le côté la masse noire des arbres qui bordent notre campement. Devant moi, je devine la tour. Comme je n'entends plus rien, je fais quelques pas en direction de la ruine. Je marche lentement, prenant garde à ne faire aucun bruit. Me voilà arrivée à quelques mètres de la tour.

Je distingue mieux maintenant sa forme sombre et imposante qui me domine de toute sa hauteur. Je me retourne ; derrière moi, à quelques mètres, se trouvent nos tentes que je ne vois presque plus à cause de l'obscurité.

Quelle étrange impression d'être là, toute seule dans le noir ! Je suis immobile depuis quelques minutes, guettant je ne sais trop quoi, quand un coup de vent me fait tressaillir. J'ai froid. Les feuilles des arbres s'agitent brusquement. Je décide alors de retourner dans ma tente.

Je viens à peine de faire quelques pas pour

revenir vers le campement que le bruit que j'ai déjà entendu du côté de la tour, tout à l'heure, recommence. Un curieux bruit de pierres heurtées...

Je m'immobilise et m'accroupis, invisible dans l'ombre. Je regarde de nouveau vers la ruine.

Plus rien !

J'attends de longues minutes.

Le froid me fait frissonner. Je n'ose pas aller voir de plus près ! Pourtant une intuition me dit d'attendre. Puis voilà que le bruit reprend. Qu'est-ce que c'est ? Je ne vais tout de même pas réveiller les garçons maintenant. Si ce n'est qu'un animal, j'aurais l'air maligne ! Et puis, le temps de m'approcher, de les réveiller, ce qui m'intrigue aura peut-être disparu. Je choisis de rester accroupie, dans le noir.

Des minutes, qui me semblent interminables, passent.

Puis j'entends un léger grattement.

J'aperçois alors une étrange lueur qui

semble émerger de la vieille tour !

Mon cœur bat très fort.

Cette faible lumière va et vient, puis disparaît.

Les choses se compliquent

Discrètement, je me précipite vers la tente des garçons, l'ouvre et chuchote, essayant de faire le moins de bruit possible :

— Julien, Pierre, ne faites aucun bruit ! Venez vite !

Les garçons marmonnent je ne sais quoi et se lèvent. En quelques mots, je les mets au courant. Tous ensemble, munis de nos lampes éteintes afin de ne pas attirer l'attention, nous nous approchons silencieusement de la ruine.

Je chuchote :

— C'est sur le côté droit que j'ai vu la lumière !

— Mais c'est là qu'il y a l'entrée que nous avons dégagée, murmure Pierre.

Nous nous dirigeons prudemment vers le côté droit de la tour, mais il faut se rendre à l'évidence, il n'y a rien : ni bruit, ni lumière !

— À croire que tu as rêvé ! me lance Julien à mi-voix.

— Et si le rôdeur était allé dans le souterrain ? dit Pierre à voix basse.

Nous regardons l'entrée qui conduit à la salle sous la tour. Rien, tout est noir. Pierre décide alors d'allumer sa lampe. Il éclaire l'ouverture.

Je frissonne. Et si le rôdeur était là ? Quoi qu'il en soit, Pierre s'enfonce par l'étroite ouverture. Nous le suivons.

Il n'y a rien dans la salle.

L'orifice qui conduit au souterrain est toujours ouvert, comme nous l'avons laissé. L'un après l'autre, nous nous glissons par la brèche et avançons vers la deuxième petite salle. Je me sens oppressée. Quelle impression désagréable ! Être sous terre, en pleine nuit, dans cet étroit passage. Il me semble que ce souterrain n'en finit plus. Enfin, Julien s'arrête, puis Pierre. Je les rejoins.

Nous sommes tous les trois dans la petite salle voûtée.

Là, Pierre éclaire les restes du coffre à terre. Il n'y a rien de changé.

Il ne nous reste plus qu'à ressortir. Julien repasse le premier. Nous le suivons. Quelques instants plus tard, je l'entends crier :

— Venez vite ! Le souterrain est bouché !

Je frissonne et je comprends brusquement ce qui vient de se passer : l'inconnu que nous cherchions nous a enfermés ! Nous nous tassons comme nous pouvons au fond du petit réduit. La lourde pierre que nous avions déplacée de l'autre côté, en tirant sur l'anneau, a été remise en place !

Il faut donc trouver un moyen de l'ouvrir

de notre côté.

Nos lampes scrutent le moindre détail dans l'espoir de découvrir un mécanisme. Nous nous relayons, car l'espace est étroit. À mon tour, je passe les mains sur toute la surface de la pierre, sur les côtés, dans la moindre crevasse, mais rien. Je pousse à certains endroits, espérant faire bouger quelque chose, mais tout reste immobile...

Au bout de dix minutes d'efforts, je n'ai rien trouvé ! Je cède ma place à l'un des garçons qui n'a pas plus de succès que moi.

Après une demi-heure d'essais infructueux, nous nous réunissons dans la petite salle du coffre.

— Tout d'abord, dit Julien, éteignez vos deux lampes. Il faut économiser les piles. Pour l'instant, nous n'allons utiliser que ma lampe.

Je m'exclame :

— C'est certainement notre rôdeur qui nous a enfermés ! Il a dû découvrir le coffre vide et va ainsi pouvoir fouiller tout notre campement !

— Il nous a peut-être même surveillés et écoutés, dit Julien, et alors, on peut dire adieu à ce qu'on a trouvé s'il sait où est la cachette...

— Ça m'étonnerait ! coupe Pierre. Il ne se serait pas donné la peine de nous enfermer dans ce cas.

J'ai peur et ma voix tremble un peu lorsque je dis :

— Qu'est-ce qu'on fait maintenant ? On ne va tout de même pas rester bloqués ici !

Julien est grave, je vois aussi qu'il est troublé, comme Pierre.

— Et dire que je n'ai même pas mon téléphone portable ! gémit Julien.

— Et même si tu l'avais, tu crois que ça passerait à quelques mètres sous terre ? dit Pierre d'un air sombre.

Puis il reprend d'une voix plus assurée :

— Mais tu as téléphoné hier soir, on nous attend dans la journée ! Si personne ne nous voit arriver, on viendra à notre campement pour nous secourir...

— Oui, bien sûr ! s'exclame Julien, mais dans combien de temps ? Et comment signaler notre présence ?

Julien réfléchit un instant puis continue :

— Non, il faut chercher un moyen de sortir par nous-mêmes !

Je m'interroge :

— Mais comment déplacer cette pierre qui bouche l'entrée ? À moins de chercher une autre issue ?

— Une autre issue ? questionne Julien.

Je reprends :

— Regarde, le souterrain semble se poursuivre de l'autre côté de la salle où nous sommes... mais il est complètement bouché par un éboulement de terre.

Julien réfléchit un instant puis s'agenouille devant le tas de terre. Il sort le gros canif qu'il a toujours dans sa poche et murmure :

— On peut essayer. De toute façon, on n'a pas d'autre solution.

Au bout d'un quart d'heure, Julien a déjà

dégagé un petit tas de terre qu'il repousse derrière lui. Il casse d'abord la terre durcie avec son canif puis la déblaye en arrière. Pierre et moi, nous l'aidons à dégager les débris. Quelque temps plus tard, Pierre remplace Julien et creuse à son tour avec le canif. Puis c'est moi qui prends la suite. Ainsi, nous nous relayons et, peu à peu, la terre, que nous avons déblayée, forme un monticule.

Le temps passe, peut-être plusieurs heures, et la lampe de Julien n'éclaire presque plus... Mais nous n'allumons pas les autres lampes afin de les économiser.

Combien de temps allons-nous rester dans ce trou ? Pierre, qui vient de s'arrêter, fatigué, s'inquiète :

— J'espère que cette terre ne bouche pas trop profondément le souterrain !

— On n'a pas le choix, il faut continuer ! répond Julien. Regarde déjà tout ce qu'on a enlevé !

Je frissonne en pensant que si le souterrain est bouché sur une grande longueur, on n'y arrivera jamais.

Et puis je pense aussi que tout notre travail est peut-être inutile, qu'il n'y a pas d'issue. Je sens mon moral qui baisse. C'est à ce moment-là que la lampe de Julien, qui ne produisait plus qu'une minuscule lueur, s'éteint. Je l'entends dire :

— Pierre, passe-moi ta lampe.

Découragée, je m'assois dans un coin. Les deux garçons, la tête basse, me rejoignent et s'assoient à leur tour.

J'ai soif, j'ai faim, j'ai sommeil. Que va-t-il nous arriver ?

Que faire ?

Nous nous assoupissons chacun de notre côté. Julien a éteint la lampe afin de l'économiser.

Nous sommes dans le noir complet !

Nous sommes enterrés vivants !

Je tremble, j'ai peur. Tout a si vite basculé...

Des larmes coulent silencieusement sur mes joues jusque sur ma bouche. Elles ont un goût salé. Je les laisse couler longtemps, cela me calme. Je murmure une prière qui m'apaise un peu. Je m'allonge ensuite comme je peux et m'assoupis.

Mais je suis si mal, étendue sur la terre battue, le bras sous ma tête en guise d'oreiller ! Je bouge et me retourne sans cesse afin de trouver la meilleure position. Je m'endors quelques minutes puis je me réveille.

Combien de temps restons-nous ainsi ?

Je ne sais pas...

Brusquement, une lampe qui s'allume me sort de ma somnolence. C'est Julien qui me secoue et me réveille. Je murmure :

— On a dormi combien de temps ?

— Quelques heures. Il est trois heures du matin à ma montre... Il faut de nouveau creuser si l'on ne veut pas rester enterrés ici !

Et le travail reprend. Quand vient mon tour, ma main me fait mal lorsque je tiens le canif qui me semble ridiculement petit pour ce qu'on veut faire. À force de déblayer la terre, je suis épuisée. Ce travail avance si lentement ! C'est tout au plus un mètre que nous avons dégagé. Pierre s'approche de moi et me dit :

— Laisse-moi prendre mon tour.

Je lui cède la place avec plaisir. La seule lampe qui est allumée, posée sur le tas de terre, éclaire de moins en moins. Il ne reste plus que ma lampe que nous n'avons pas encore utilisée. Une fois que nous n'aurons plus de lumière, comment ferons-nous dans le noir ?

Je perds espoir, mais quand je vois Pierre creuser rageusement et déblayer la terre deux fois plus vite que moi, je me dis que tout n'est pas perdu.

Il doit être à peu près quatre heures du matin et je somnole de nouveau, assise dans un coin quand j'entends Julien, qui est en train de creuser, crier :

— Ça y est !

Je me précipite avec Pierre. Julien éclaire le fond du trou : on distingue une ouverture, toute petite, il est vrai, mais c'est une ouverture !

On se jette tous les trois au fond du réduit et en criant, on gratte la terre à qui mieux mieux, ne voyant pas qu'on se gêne et qu'on ferait mieux de laisser Julien continuer seul le travail.

La liberté me semble toute proche derrière cette brèche. Bientôt, ce qui n'était qu'une faille s'agrandit et nous pouvons voir distinctement le souterrain qui se poursuit. Julien se hâte encore plus et, en un temps record, libère complètement le passage.

— Passe-moi ta lampe, Marion, me dit Julien, c'est la seule qui éclaire encore !

Je la lui donne et il s'avance dans le souterrain enfin dégagé. Je le suis, Pierre est derrière moi. C'est un passage qui ressemble à celui qui nous a conduits à la petite salle du coffre où nous étions prisonniers. Ce n'est pas très large, mais nous pouvons marcher debout, même s'il faut parfois se courber pour éviter un obstacle.

Nous avançons le plus rapidement possible. Nous ne pouvons bien sûr pas courir dans cet étroit boyau, mais nous nous hâtons, impatients de découvrir la sortie.

Nous marchons ainsi durant dix minutes

environ.

Soudain, un cri de Julien retentit :

— C'est bouché !

Terrifiés, nous examinons une grosse pierre taillée qui obstrue l'extrémité du souterrain. Elle est impossible à remuer.

Nous sommes encore prisonniers !

Découragés, nous ne savons plus que faire. Julien s'est assis et rumine en silence. Pierre s'est aussi assis, la tête entre les mains. Et moi, j'ai une peur terrible, je n'ai plus de forces, je suis épuisée. Je m'assois comme je peux dans cet étroit couloir, je ramène mes jambes contre moi et pose ma tête contre mes genoux. Je somnole, la tête lourde, désespérée.

Combien de temps est-ce que je reste ainsi ? Je ne sais pas. Mes pensées tournent sans cesse dans ma tête à la recherche d'une issue impossible...

Je repense ensuite à maman, à notre maison qui me semble si accueillante et si loin. Nous aurions dû revenir la prévenir avant d'entrer dans ce maudit souterrain ! C'était si simple de l'avertir, de dire exactement où nous étions. Mais je croyais que nous étions capables de nous en sortir seuls, sans l'aide de personne ! Si je sors d'ici vivante, je me jure d'être plus prudente à l'avenir, plus responsable...

Puis je rêve à moitié, je repense, je ne sais pourquoi, au rosier que j'ai dessiné l'autre jour à la maison. Je vois les gouttes de pluie scintillantes sur les pétales délicats. Je repense aussi à la découverte de la vieille carte dans le grenier, à notre expédition, au campement... C'est moi qui ai découvert ce maudit souterrain... Ah, si je n'avais pas trouvé ce mécanisme qui faisait basculer la pierre !

C'est en repensant à l'entrée du souterrain qu'une idée s'impose à moi. Et s'il y avait le même mécanisme, ici aussi, pour ouvrir de ce côté ?

Je me lève. Les garçons, tout recroquevillés, semblent assoupis. La lampe, que Julien n'a pas éteinte, produit une lumière vacillante, faible. Je la ramasse et éclaire la grosse pierre qui obstrue l'entrée du souterrain. La lumière est tellement insuffisante que je ne vois pas grand-chose. Alors, je passe ma main sur les pierres tout autour...

Rien ! Apparemment, je me suis trompée. Le bref espoir qui m'a fait me lever m'abandonne déjà...

Et puis, il y a quelque chose, presque rien, quelques cailloux plus petits dans une anfractuosité. Ce n'est pas comme la première fois, mais peut-être y a-t-il autre chose derrière ?

J'essaye fébrilement d'enlever ces petites pierres une à une. Je gratte, je m'acharne et dégage peu à peu un emplacement vide. Et s'il y avait là aussi un anneau comme la première fois ? Cela serait logique : les gens qui empruntaient le souterrain avaient bien besoin de sortir de l'autre côté !

À mesure que j'enlève les débris de pierre, l'espoir renaît comme un vent frais qui souffle lors d'une journée torride... Et brusquement, alors que je touche le fond de l'espèce de niche que je viens de dégager, je sens un anneau de fer, exactement comme celui que j'ai déjà trouvé !

J'y suis enfin arrivée ! Je respire un grand coup et la joie m'envahit brutalement ! Je crie pour appeler les garçons. Ils m'aident et nous tirons tous ensemble. Un grincement se fait entendre, mais la pierre reste en place. Nous nous y remettons de toutes nos forces. La pierre grince et bascule peu à peu, découvrant la suite du souterrain, beaucoup plus vaste.

Nous reprenons alors notre marche dans le passage, sûrs de toucher à la fin !

Mais tout à coup, quelque chose de noir se met à débouler devant moi puis s'arrête juste contre mon pied. Je hurle en déplaçant instinctivement les jambes. Julien m'éclaire. La chose détale sous le faisceau de la lampe : c'est un énorme rat !

— C'est bon signe ! dit Julien. Si un rat vient de l'autre bout du souterrain, c'est que nous pouvons passer aussi !

Je murmure :

— Bon signe, bon signe... d'accord, mais quelle peur !

Nous marchons encore quelques mètres puis Julien crie :

— Là-bas, une lumière !

Il s'est arrêté et a éteint sa lampe. Les yeux écarquillés, nous distinguons une lueur pâle.

— Vite ! dit Julien.

Nous nous précipitons. La lueur se fait de plus en plus vive jusqu'au moment où nous sortons enfin, non pas à l'air libre, mais dans une salle aux murs de pierre. Elle est éclairée par une étroite fenêtre d'où provient la pâle clarté de la lune.

9

Sortir !

La moitié de la salle est écroulée, obstruée par un énorme tas de pierres en désordre. L'autre moitié de la pièce possède encore ses murs bâtis avec de grosses pierres taillées.

— Aucune ouverture, mis à part cette petite fenêtre ! lance Julien.

— Il devait y avoir une sortie, une porte, dit Pierre, mais elle doit être derrière ce tas d'énormes pierres !

— On ne pourra jamais les déplacer, constate Julien. S'il faut sortir, ce sera par la fenêtre !

Je lui fais remarquer :

— Mais tu as vu comme elle petite !

— Chut ! fait soudainement Pierre. Écoutez !

Je tends l'oreille et j'entends comme un grondement continu. Pierre vient de passer la tête par la petite fenêtre et crie :

— C'est de l'eau, c'est un torrent qui coule en dessous ! Venez voir !

Julien prend la place de Pierre, puis c'est mon tour. Je passe la tête par la fenêtre et j'aspire l'air frais avec délice. Je ne vois pas grand-chose, car la nuit est presque noire, mais je distingue un fort courant d'eau qui coule juste en dessous, au pied du mur. Sur la gauche, une grande masse sombre attire mon attention. On dirait du bois, des planches déchiquetées dont certaines trempent dans l'eau.

Soudain, je tremble d'excitation, je sais où nous sommes ! Je dégage vite la tête et crie :

— On est dans le vieux moulin, le moulin du Bois-Vert ! C'est la roue du moulin sur la gauche. Venez voir !

C'est ce que font les garçons l'un après l'autre. Julien tente même de se faufiler par la fenêtre pour voir si l'on peut sortir par-là, mais il a beau essayer de se contorsionner dans tous les sens, rien à faire ! Même résultat pour Pierre qui me dit :

— Je n'y arrive pas ! Essaye, toi qui es la plus petite.

Je repasse la tête par l'étroite fenêtre et je m'aperçois que je peux sortir par là, même si c'est avec difficulté, car l'ouverture est vraiment minuscule.

— Sauvés ! s'exclame Julien. Voilà ce que tu vas faire, Marion... Tu te rappelles le chemin que nous avons pris du village de Marcilly pour arriver jusqu'au moulin du Bois-Vert ?

— Oui, mais c'est la nuit !

— Tu auras la lampe de poche, même si elle éclaire très peu ; tu pourras l'utiliser de temps à autre en l'économisant. Tu vas descendre le long du mur sous la fenêtre... J'ai vu qu'il y a des rochers en dessous qui t'éviteront de tomber dans la rivière.

— D'accord, je vais aller jusqu'au village. Mais qui prévenir en pleine nuit ?

— Il y a une gendarmerie à Marcilly, dit Pierre. Tu sonnes à la porte, tu frappes aux volets... On t'ouvrira et on viendra nous délivrer dans moins d'une heure !

— D'ailleurs, il est cinq heures du matin, remarque Julien. Il va bientôt faire jour. Allez, Marion, dépêche-toi ! Tout dépend de toi maintenant !

Je mets la lampe dans ma poche et je m'élance courageusement vers la fenêtre. Je passe d'abord les pieds et me contorsionne jusqu'à ce que mon corps soit complètement sorti. Maintenant, je me retiens juste par les mains sur le bord de la fenêtre. J'entends l'eau gronder sous mes pieds.

Julien tient mes poignets et crie :

— Les rochers sont juste en dessous. Tu te laisses tomber doucement, d'accord ? Je peux te lâcher ?

— Vas-y !

Je me laisse glisser le long du mur et me retrouve presque accroupie sur une grosse roche.

Je ne vois pas grand-chose, mais je distingue les reflets de l'eau noire qui coule juste à côté de moi. « Brrr... dire que j'aurais pu tomber là-dedans, à quelques centimètres près ! »

J'entends de nouveau Julien qui doit me donner des conseils, mais je ne saisis rien à cause du fracas assourdissant de l'eau. Je crie :

— Parle plus fort ! Je ne comprends rien !

Il essaye encore, mais le vacarme de l'eau m'empêche de comprendre quoi que ce soit.

Je lui fais signe que tout va bien.

La première chose à faire est d'allumer ma lampe. Ouf ! elle est toujours dans ma poche. J'avais peur qu'elle tombe durant mon saut.

Grâce à ma lampe, je m'aperçois qu'en longeant le mur, je pourrai rejoindre le chemin à pied sec. Cela sera assez difficile à cause de la forme irrégulière des rochers.

D'ailleurs, je ne pense pas y arriver en tenant ma lampe, car j'ai besoin de mes deux mains pour m'agripper. J'éteins donc la lampe, la mets dans ma poche et avance avec précaution.

Voilà que j'arrive sans encombre au coin du mur, mais à cet instant, mon pied dérape sur la pierre mouillée !

Je glisse, ne pouvant me rattraper, et je me retrouve à l'eau !

Je m'agrippe désespérément au rocher et tente de remonter, mais je n'y arrive pas. Que faire ?

Il me semble que la pierre d'à côté est plus basse et me permettra de me hisser plus facilement. Je me laisse entraîner un tout petit peu par le courant et je m'agrippe à cette pierre. Là, je parviens à me hisser et à reprendre pied.

Ouf ! j'y suis arrivée, mais je suis transie par le froid, mouillée jusqu'aux épaules. De plus, ma lampe de poche a disparu !

Je lève les yeux vers la fenêtre et distingue

Julien dans l'ombre qui a dû suivre toute la scène. Je l'entends crier je ne sais quoi et je comprends qu'il cherche à me rassurer et à m'encourager. Maintenant, il faut faire très attention. Je marche prudemment sur l'étroit passage presque à quatre pattes et j'arrive comme ça, sans encombre, sur le sol ferme. De là, je me penche et fais un dernier signe à Julien que je devine dans l'obscurité. Je ne dis rien ; comment pourrait-il m'entendre ?

Dans la nuit

Il faut maintenant que je retrouve le petit chemin qui nous a conduits au moulin et, de là, me diriger en direction de Marcilly. Le village doit être à peu près à trois quarts d'heure de marche. Cela ne va pas être facile d'avancer dans le noir, sans lampe, mais le jour ne devrait pas tarder.

Pourtant, sans trop de mal, je rejoins le chemin qui mène à Marcilly à travers bois. Je marche relativement vite tellement je suis excitée à l'idée de pouvoir faire libérer mon frère et mon cousin.

Je sors maintenant du bois et longe des

champs. Il fait moins sombre et j'en profite pour accélérer le pas. Au risque de tomber, je cours !

Le village ne doit plus être loin maintenant.

Mais brusquement, je me retourne, car j'entends du bruit. Juste le temps de voir une ombre.

Je cours encore plus vite, car j'ai peur !

Mais l'ombre me rattrape, me touche, m'agrippe. Je suis ceinturée ; on me met un bandeau sur la bouche et les yeux. Je suis conduite brutalement dans une voiture qui démarre. Le chemin est cahoteux, car le véhicule bondit en tous sens.

Où me conduit-on ? Pour quel motif ?

Peu de temps après, la voiture s'arrête, on me fait entrer dans une maison et l'on m'ôte le bandeau.

Il fait encore nuit et je ne distingue pas grand-chose. Je dois être dans une grange.

Devant moi, une ombre menaçante : mon ravisseur.

Dans l'obscurité, je devine de petits yeux perçants qui me dévisagent. L'homme se met à parler d'une voix sourde :

— Il ne te sera fait aucun mal et tu seras relâchée si tu me dis où vous avez caché ce qu'il y avait dans le coffre sous la tour.

Va-t-il me délivrer si je lui dévoile notre cachette ? Ce n'est pas sûr. D'ailleurs, cet homme me fait peur. Je n'ai aucune confiance en lui.

Je décide de garder l'avantage et de ne rien dire. Je me tais donc et l'homme m'attache à un pilier de la grange en m'avertissant :

— À ton aise, je reviendrai tout à l'heure voir si tu es décidée à me dire quelque chose...

En partant, il se retourne et pointe le doigt vers moi :

— Mais n'oublie pas que je ne fais que re-prendre ce qui m'appartient !

Cette remarque me laisse perplexe...

La porte de la grange se referme brutale-ment. À travers les jointures de la porte, je devine les premières lueurs du jour.

J'ai froid et je suis fatiguée. Combien de temps vais-je rester ici ? Maman, qui nous attend aujourd'hui, va sans doute donner l'alerte. Que faire ? J'essaye de me détacher en me contorsionnant, mais c'est chose impossible !

Assise, le dos appuyé contre le poteau où je suis attachée, je somnole bientôt puis m'endors d'un sommeil troublé.

Brusquement, je me réveille. Un léger bruit m'intrigue. À moitié endormie, j'entends quelque chose qui se rapproche dans la pénombre de la grange.

Mon cœur bat très fort.

J'écarquille les yeux et vois un gros chien noir se diriger vers moi !

Je le reconnais ! C'est le chien de la ferme que nous avons visitée non loin de notre campement...

Que vient-il faire ici ? Par où est-il passé ? Peut-être par une petite ouverture qui lui permet d'accéder à la grange, car la porte est toujours fermée.

Je l'appelle, je lui parle tout doucement, je chuchote des mots apaisants. On dirait qu'il a compris que je suis en difficulté. Je suis sûre que les animaux peuvent comprendre beaucoup plus de choses qu'on ne le croit...

Depuis que je suis toute petite, j'ai toujours eu une relation particulière avec les animaux. Ils sentent que je les comprends et les aime. Instinctivement, ils n'ont pas peur et s'approchent de moi.

Tout doucement, je continue à parler à ce chien. Je lui demande à voix basse de tirer sur la corde qui me lie au poteau. Je lui explique combien j'aimerais être libre. Cela lui serait facile de déchirer mes liens ! Je l'encourage durant plusieurs minutes. Le chien tourne autour de moi, s'approche de mes liens, les renifle. Ah ! s'il pouvait les déchirer d'un coup de dent ! Mais non, il s'éloigne...

Mais le voilà qui s'approche de nouveau et renifle encore la corde qui me lie. Je me secoue alors tant que je peux, déplaçant mes jambes dans tous les sens pour lui faire comprendre que je veux être libérée.

Ça y est ! Il attaque la corde avec ses dents ! Je l'encourage par la parole.

Mais brusquement, il s'arrête. Du bruit se fait entendre dehors. Serait-ce le maître qui revient ? Je retiens mon souffle. Le bruit – on dirait quelque chose que l'on traîne – devient de plus en plus fort... puis disparaît progressivement.

Ouf ! L'alerte est passée. J'encourage de nouveau le chien à rompre définitivement mes liens. L'animal, qui a compris, s'acharne sur la corde. De mon côté, je bouge dans tous les sens afin de l'aider à me dégager.

Enfin, un coup sec : la corde est rompue !

Ce n'est plus qu'une affaire de quelques instants pour me dépêtrer. Je me précipite. En effet, si l'homme revenait maintenant ?

En quelques secondes, me voilà debout et, tout en flattant et remerciant à voix basse le chien, je me dirige vers la porte de la grange.

Je l'entrouvre à peine et jette un coup d'œil dehors. Le jour se lève et je ne distingue rien sur la gauche, mais il va me falloir l'ouvrir un peu plus si je veux voir du côté droit en passant la tête dans l'entrebâillement. C'est ce que je fais en regardant de tous les côtés.

La voie est libre ! J'y vais !

chapitre

11

La fuite

Je me faufile le long du mur sur la gauche. Je remarque un groupe d'arbres assez proches. Je pourrais courir jusque là-bas pour m'y cacher, avant d'aller plus loin...

C'est ce que je fais. Je cours à perdre haleine jusqu'aux arbres et me cache derrière un gros buisson. Le chien m'a rejoint. Je dois être à deux cents mètres de la maison. Je reconnais alors la ferme que nous avons visitée non loin de notre campement. Le chien que nous avons vu est bien celui qui est à côté de moi en ce moment. Mon ravisseur est sans doute l'homme désagréable que nous avons

91

rencontré à cette occasion.

Je ne tiens pas à rester une seconde de plus ici ! Il me faut fuir le plus loin possible ! Où aller ? Au village de Marcilly bien sûr pour chercher du secours. Mais surtout pas par la petite route qui part de la ferme. L'homme aurait trop vite fait de me retrouver.

Dans un premier temps, je décide de m'éloigner encore plus de la maison sans me faire remarquer. J'observe un groupe d'arbres beaucoup plus loin. Je peux les atteindre sans qu'on me voie de la ferme : à condition de marcher droit, les buissons derrière lesquels je me trouve me cacheront.

Je cours encore à perdre haleine. Ces arbres sont beaucoup plus loin que je ne l'ai cru ! Le chien est toujours à mes côtés. J'arrive enfin, essoufflée, et me cache derrière les arbres, au milieu de hautes fougères. La ferme est maintenant très loin devant moi, minuscule. Là, je me sens en sécurité et je reprends mon souffle.

Je dresse mon plan : atteindre, le plus vite

possible, le village de Marcilly pour y chercher du secours, mais y aller en me cachant, donc en marchant loin des routes et des sentiers. Un autre danger est alors à craindre : celui de se perdre sur ce plateau immense. Je préfère cependant cette éventualité plutôt que de courir le risque d'être retrouvée par l'homme si j'emprunte une route ou même un chemin.

Mais comment retrouver la bonne direction ?

Ah ! si j'avais la carte de Julien ! Il m'a montré une fois comment s'en servir. Le nord est toujours en haut de la carte, m'a-t-il expliqué, et à l'aide d'une boussole, ou de la position du soleil, qui passe de l'est à l'ouest durant la journée, on peut se diriger.

Inutile de rêver ! Je n'ai rien de tout cela et, de toute façon, le soleil est invisible derrière une épaisse couche de nuages. Je vais donc tenter de me repérer autrement. Je reconnais là-bas l'endroit où nous sommes arrivés, les garçons et moi, sur la ferme. C'est donc dans cette direction que je dois aller si je veux rejoindre Marcilly. Seulement, par prudence, je décide de faire une large boucle sur ma gauche afin de rester le plus loin possible de la maison.

Je marche depuis une demi-heure environ et la ferme est loin derrière moi, invisible à présent. Je me sens mieux maintenant. Mon ravisseur aura bien du mal à me retrouver, car je marche en pleine nature ! Depuis quelques instants, le chien qui m'accompagnait a disparu, je ne sais où. Peut-être est-il revenu à la ferme. Pourtant, j'aurais bien aimé qu'il reste à mes côtés !

Je traverse un plateau immense, parsemé de grosses roches, de bouquets d'arbres et de bruyères. Régulièrement, je regarde autour de moi de tous mes yeux dans la peur d'une mauvaise rencontre, mais je ne vois rien d'autre qu'une vaste étendue déserte.

Cela fait sans doute maintenant une heure ou deux que je marche. J'ai très faim et suis terriblement fatiguée. Je n'ai qu'une envie :

m'arrêter et me reposer ! Je dois cependant continuer. Je dois arriver au village, il le faut !

À mesure que j'avance, le pays m'apparaît encore plus sauvage. Peu à peu surgit devant moi une colline basse et sombre que je ne reconnais pas. Et si j'étais dans la mauvaise direction ? Si je m'éloignais au contraire de Marcilly ?

Pourtant, j'ai essayé de marcher le plus droit possible, me fixant des repères, comme un arbre, un rocher... De toute façon, je n'ai pas le choix. Il me faut avancer.

Après réflexion, je me dis que, ne reconnaissant pas cette colline qui apparaît devant moi, je vais modifier ma direction et aller plus à droite.

Les heures passent, et toujours rien en vue, toujours les mêmes paysages désolés, à croire que je tourne en rond...

Je ne sais plus depuis combien de temps je marche, mais je progresse avec de plus en plus de difficultés. J'avance mécaniquement, un pas après l'autre, sans chercher à voir plus loin pour ne pas me décourager.

Une pluie fine se met à tomber et des nuages gris couvrent le ciel. Très loin devant moi, j'observe un scintillement. Qu'est-ce que c'est ?

Je me dépêche et arrive devant une étendue d'eau. C'est un lac ou plutôt une sorte de marais dont les eaux sombres sont bordées par de hautes herbes. Les berges sont désertes, avec peu d'arbres. L'endroit m'apparaît étrange et fantastique.

Épuisée et découragée, je m'assieds au pied d'un arbre. Je me suis complètement trompée de direction ! Ah ! si j'avais la carte de Julien, je pourrais me repérer un peu, comprendre où je suis arrivée !

Je décide de repartir dans une autre direction, mais d'abord, je me repose un peu. Quelque temps passe et c'est alors que j'aperçois un animal qui se dirige vers moi. Mais oui, c'est le chien noir, c'est encore lui ! Je le caresse, tellement contente de le retrouver !

Je lui parle affectueusement :

— Si tu pouvais me ramener au village. Toi, tu dois savoir retrouver ton chemin !

Je me lève et l'encourage, restant à ses côtés, un peu en retrait. Je le laisse avancer, me contentant de le suivre. Fatiguée, mais heureuse, je marche derrière mon compagnon. De temps à autre, il s'arrête et retourne la tête en m'attendant. Dès que j'avance à son niveau, il repart. L'intelligent animal file droit à travers le plateau, connaissant d'instinct la direction à suivre.

J'ai l'impression que nous marchons des heures ainsi. Je ne sens plus mes jambes, je perds la notion du temps et j'avance comme un automate. La pluie se remet à tomber et je suis trempée...

Enfin, en redescendant d'un monticule, j'aperçois quelques maisons !

Quelle joie ! S'agit-il de Marcilly ? Peu importe, l'essentiel est de trouver du secours.

Je me précipite, mais je suis trop fatiguée, je n'arrive pas à courir. Je me contente de marcher le plus vite possible et je parviens ainsi aux maisons les plus proches. Je reconnais le village : c'est bien Marcilly !

La première personne que j'aperçois est une femme, enveloppée d'un grand imperméable gris. Elle jardine devant une maison basse au toit d'ardoises.

J'arrive devant le portail.

— Madame, écoutez-moi...

Je bafouille encore quelques mots et la femme, étonnée, ouvre de grands yeux sans comprendre. Peut-être a-t-elle peur du gros chien qui m'accompagne ? Je me penche vers lui :

— Merci, merci beaucoup. Tu m'as ramenée. Maintenant, tu vas me laisser...

Puis, me tournant de nouveau vers la femme :

— Mon frère et mon cousin sont en danger ! Il faut avertir tout de suite la gendarmerie !

— Qu'est-ce que tu me racontes là ?
Entre !

Puis elle me conduit dans sa maison et me présente une chaise, un peu affolée.

— Mais tu es trempée et complètement gelée, ma petite !...

Je lui coupe la parole :

— S'il vous plaît, appelez la gendarmerie. C'est urgent !

— Oui, oui, bien sûr ! murmure-t-elle. Tout de suite.

Je souffle enfin. J'y suis arrivée !

Une minute après, la femme, qui vient de téléphoner, me dit :

— Ils arrivent tout de suite. Mais toi, tu vas d'abord te sécher. Je vais te préparer des vêtements secs : ceux de ma petite fille. Ils devraient te convenir.

Et elle me pousse dans la salle de bains en me donnant une grande serviette. Trois minutes sont à peine écoulées que je suis séchée et habillée. La sonnerie d'entrée retentit à cet instant.

— Mon Dieu, les gendarmes ! Ils sont déjà là ! s'exclame la femme en regardant par la fenêtre.

Elle les fait entrer. Ils sont deux, impressionnants dans leurs uniformes. Pendant que j'essaye de raconter au plus vite mon histoire, elle me prépare un bol de thé chaud, des biscuits et du chocolat. Je poursuis mon récit en mangeant et en buvant. Comme c'est bon !

Je ne sais pas si les gendarmes ont bien compris tout ce que je leur raconte au plus vite, mais ils semblent surtout avoir retenu une chose :

— Il y a donc ton frère et ton cousin qui sont coincés, sans pouvoir sortir, dans le vieux moulin du Bois-Vert. C'est bien ça ?

— Oui, c'est ça !

— Bon, on y va tout de suite et tu nous accompagnes pour nous préciser où ils sont exactement.

Retour au moulin du Bois-Vert

Une minute plus tard, je me retrouve dans la voiture des gendarmes.

L'auto s'arrête peu après, car il faut continuer à pied jusqu'au moulin par le petit chemin que je connais bien maintenant.

Nous nous hâtons. Bientôt, la rivière et le moulin en ruine apparaissent derrière les arbres. J'avance jusqu'au mur du moulin qui baigne dans l'eau en criant : « Venez ! » Je commence alors à grimper sur les rochers qui bordent la muraille longeant la rivière.

Je montre l'endroit aux gendarmes.

— C'est par là !

— C'est dangereux ici ! Tu vas me tenir la main, ordonne l'un des hommes.

J'avance le long du mur et je reconnais la petite fenêtre. Je crie de toutes mes forces :

— Julien, Pierre ! Vous m'entendez, c'est Marion !

Aucune réponse ! Où sont-ils ?

Je crie de nouveau à plusieurs reprises.

Enfin, je vois la tête de Julien qui apparaît par la fenêtre.

— Ah ! C'est toi, tu en as mis du temps ! Qu'est-ce qui t'est arrivé ?

— Pas le temps de t'expliquer ! Je suis ici avec deux gendarmes. On va vous délivrer.

— Enfin ! Comme tu ne venais pas, on a commencé à dégager l'éboulement de pierres pour sortir. Ce sera bien sûr plus facile si vous déblayez de votre côté.

Les hommes se mettent au travail. Une petite ouverture est bientôt faite et je vois émerger la tête de Julien qui arrive à s'extraire par l'orifice ; puis c'est le tour de Pierre.

Enfin réunis !

Mais les gendarmes ne nous laissent pas le temps de souffler. Il leur faut le numéro de téléphone de maman. En quelques mots, l'un des hommes la met au courant, la rassure et lui donne rendez-vous à la gendarmerie de Marcilly.

Moins d'une demi-heure plus tard, nous nous retrouvons tous à la gendarmerie. Maman est déjà là à nous attendre pour nous accueillir.

C'est bon de la serrer dans mes bras !

On donne d'abord à boire et à manger aux garçons. Maman n'en revient pas, mais elle s'abstient de parler, car les gendarmes nous interrogent, désirant arrêter le plus vite possible le malfaiteur.

Après s'être informés, ils partent en direction de la ferme pour tenter de le trouver. Ils comptent ensuite passer à notre campement afin de récupérer le « trésor » que nous avons laissé dans le sac caché dans les buissons derrière nos tentes.

En ce qui nous concerne, nous sommes libres de repartir. Maman nous emmène tous en voiture à la maison, mais nous nous arrêtons d'abord chez la dame qui m'a recueillie, lors de mon retour au village, afin de la remercier.

Quelques minutes plus tard, nous sommes à la maison.

Comme il est bon de se retrouver dans le vieux salon autour d'un chocolat chaud et d'un délicieux gâteau ! Chacun parle sans cesse et maman n'y comprend pas grand-chose !

Enfin, Julien obtient le calme et décide de tout expliquer dans l'ordre, par le commencement. Puis je prends le relais quand il s'agit de raconter ma sortie du moulin du Bois-Vert...

Mais bientôt, nous tombons tous de sommeil et nous rejoignons très rapidement notre lit.

Le lendemain, quand nous nous levons, il est très tard. Les gendarmes ont déjà téléphoné à maman qui nous donne les nouvelles : notre ravisseur est arrêté ; la vieille tour est sur ses terres. Je comprends maintenant pourquoi il m'a dit : « Je ne fais que reprendre ce qui m'appartient ! »

Puis maman explique :

— Cet homme a fait quelque chose de très grave, vous auriez pu mourir dans le souterrain, même s'il a dit aux gendarmes qu'il avait l'intention de vous relâcher très rapidement. Il va sans doute faire de la prison. J'espère qu'il comprendra ainsi le mal qu'il a fait !

Je prends la main de maman et lui dis :

— Pour ma part, je lui pardonne.

Maman me prend par l'épaule.

— Tu as raison, Marion, de ne pas garder du ressentiment qui empoisonnerait ta vie. Cela te permettra de rester paisible.

Ensuite, maman nous apprend que les gendarmes ont récupéré notre « trésor » découvert sous la tour. Ils ont dit qu'il serait d'un grand intérêt pour le musée régional, car tous ces objets ont sans doute une certaine valeur historique...

Maintenant, il ne nous reste plus qu'à démonter notre campement en retournant sur le site de la vieille tour, mais maman ne veut pas qu'on y aille seuls, même si tout danger est écarté ! Elle nous accompagnera.

Enfin, je crois que maintenant, les vacances seront plus paisibles...

Quelques jours sont passés depuis cette aventure. Nous sommes allés chercher, avec maman, notre matériel de camping et tout est rentré dans l'ordre. Quant au chien qui m'a si merveilleusement aidée, nous l'avons retrouvé sur notre site de campement et nous avons décidé de l'adopter, puisque son maître a été arrêté. On dirait qu'il a tout de suite compris la bonne nouvelle, car il ne veut plus me quitter !

Papa a été averti de tout ce qui s'est passé par téléphone. Il n'en croyait pas ses oreilles !

Ce soir, rêveuse, je regarde par la fenêtre

de ma chambre...

Les nuages traversent à vive allure l'azur du ciel qui s'assombrit et change constamment d'aspect ; les feuilles du jardin s'agitent doucement sous le vent.

Je regarde maintenant autour de moi. Ma petite chambre est bien rangée avec mon étagère remplie de livres et de bibelots, avec tous mes objets familiers et mon lit douillet. Je me dis combien j'ai de la chance d'être ici, bien à l'abri.

Pourtant, quand je lève de nouveau les yeux vers la fenêtre et que j'aperçois l'immense plateau couvert de brume, je pense qu'il recèle sans doute bien d'autres mystères.

Brusquement, un éclair illumine le ciel, le tonnerre retentit et une pluie forte martèle le sol.

Il pleut encore... N'importe ! La vie est belle.

Table

Découvrez tous les livres pour la jeunesse de Marc Thil, en version numérique ou imprimée, en consultant la page de l'auteur sur Internet.

....

Histoire du chien Gribouille

• Arthur, Fred et Lisa trouvent un chien abandonné devant leur maison. À qui appartient ce beau chien ? Impossible de le savoir. À partir d'un seul indice, le collier avec un nom : Gribouille, les enfants vont enquêter. Mais qui est le mystérieux propriétaire du chien ? Pourquoi ne veut-il pas révéler son identité ? Et la petite Julie qu'ils rencontrent, pourquoi a-t-elle tant besoin de leur aide ?

• Une histoire émouvante qui plaira aux jeunes lecteurs de 8 à 12 ans.

....

Le Mystère de la falaise rouge
(Une aventure d'Axel et Violette)

• Axel et Violette naviguent le long de la falaise sur un petit bateau à rames. Mais le temps change très vite en mer et ils sont surpris par la tempête qui se lève. Entraîné vers les rochers, leur bateau gonflable se déchire. Ils n'ont d'autre solution que de se réfugier sur la paroi rocheuse, mais la marée monte et la nuit tombe... Au cours de cette nuit terrible, un bateau étrange semble s'écraser sur la falaise.

Quel est ce mystérieux bateau et où a-t-il disparu ? Quel est l'inconnu qui s'aventure dans la maison abandonnée qui domine la mer ? Axel et Violette vont tout tenter afin de découvrir le secret de la falaise rouge.

• Une aventure avec des émotions et du suspense qui pourra être lue à tout âge, dès 8 ans.

Le Mystère de la fillette de l'ombre

(Une aventure d'Axel et Violette)

• Axel a bien de la chance, car Tom le laisse conduire sa petite locomotive sur la ligne droite du chemin de fer touristique. Il est vrai que la voie ferrée, en pleine campagne, est peu fréquentée. Ce matin-là, tout est désert et la brume monte des étangs. Mais quand Axel aperçoit une fillette sur les rails, il n'a que le temps de freiner !

Que fait-elle donc toute seule, sur la voie ferrée, dans la brume de novembre ? Pourquoi s'enfuit-elle quand on l'approche ? Pour le savoir, Axel et son amie Violette vont tout faire afin de la retrouver et de percer son secret.

• Une aventure avec des émotions et du suspense qui pourra être lue à tout âge, dès 8 ans.

40 Fables d'Ésope en BD

• *Le corbeau et le renard* ou *La poule aux œufs d'or* sont des fables d'Ésope, écrites en grec il y a environ 2500 ans. Véritables petits trésors d'humour et de sagesse, les écoliers grecs les étudiaient déjà dans l'Antiquité.

Aujourd'hui, même si en France, on connaît mieux les adaptations en vers faites par Jean de La Fontaine, les fables d'Ésope sont toujours appréciées dans le monde entier. Les 40 fables de ce livre, adaptées librement en bandes dessinées, interprètent avec humour le texte d'Ésope tout en lui restant fidèles : les moralités sont retranscrites en fin de chaque fable.

• Un petit livre à posséder ou à offrir, pour les lecteurs de tous les âges, dès 8 ans.

Histoires à lire le soir

• 12 histoires variées, pleines d'émotions et d'humour, pour faire découvrir aux jeunes lecteurs (8-12 ans) le plaisir de lire.

76356181R00065

Made in the USA
Columbia, SC
23 September 2019